AF414107

Sandrine BELAIR

L'ÉNIGME DES BRUMES DE CHAMPAGNE

Chérubins Éditions

PROLOGUE

Châlons-en-Champagne, printemps 1873. Une brume légère flottait sur les rues pavées, apportant avec elle un air de mystère qui enveloppait la ville endormie. Les réverbères en fonte projetaient des ombres vacillantes sur les murs de pierre, créant une danse macabre de lumière et d'obscurité. C'était dans cette atmosphère envoûtante que se jouait un drame dont personne n'avait encore conscience.

Dans une petite ruelle près de la cathédrale Saint-Étienne, un bruit sourd se fit entendre. Un homme, vêtu d'un long manteau noir, glissa furtivement le long des murs, son visage dissimulé par un large chapeau. Il jeta un dernier regard aux alentours avant de disparaître dans la nuit.

Le lendemain matin, la ville se réveilla au son des cloches, ignorante du crime odieux qui venait d'être commis. Au centre de la place, un groupe de curieux s'était déjà formé autour d'une scène macabre. Le corps sans vie de Mademoiselle Claire Dupont, une jeune et influente héritière, gisait sur les pavés, son visage figé dans une expression de terreur.

Le détective François Leclerc, un homme d'une quarantaine d'années au regard perçant, fut rapidement appelé sur les lieux. Leclerc était connu pour son esprit aiguisé et ses méthodes peu orthodoxes. Il avait résolu de nombreuses affaires complexes, mais celle-ci promettait d'être son plus grand défi.

En observant la scène du crime, Leclerc remarqua immédiatement des détails que les autres avaient ignorés. Une légère odeur d'amande amère flottait dans l'air, et sur la main de la victime, une petite coupure était à peine visible. Pour lui, ces indices étaient les premiers fils d'une toile complexe qu'il devrait démêler.

Les habitants de Châlons-en-Champagne murmuraient entre eux, craignant que ce crime ne soit que le début d'une série de tragédies. Leclerc savait qu'il devait agir rapidement. L'ombre du meurtrier planait encore sur la ville, et chaque minute comptait.

Tandis que le soleil se levait, Leclerc se tenait là, au cœur de la place, prêt à plonger dans l'obscurité de l'âme humaine pour découvrir la vérité. Les premiers rayons de lumière perçaient la brume, éclairant le chemin qui s'ouvrait devant lui. Une nouvelle enquête commençait, et avec elle, la promesse de révélations bouleversantes.

PRÉSENTATION DES
PERSONNAGES PRINCIPAUX

François Leclerc, le détective

François Leclerc était un homme de stature moyenne, mais son regard perçant et ses manières résolues lui conféraient une présence imposante. Né à Paris, il avait rejoint la police à un jeune âge et rapidement gravi les échelons grâce à son intelligence et à son intuition hors du commun. Contrairement à ses collègues, Leclerc préférait les méthodes non conventionnelles, utilisant souvent son sens aigu de l'observation et une compréhension profonde de la nature humaine pour résoudre les affaires les plus épineuses.

Leclerc était connu pour son esprit critique et son dévouement inébranlable à la justice. Ses pairs le respectaient, bien qu'ils n'approuvassent pas toujours ses méthodes peu orthodoxes. Cependant, Leclerc avait aussi ses démons. La perte de sa femme et de son enfant dans un incendie quelques années plus tôt l'avait laissé profondément marqué, renforçant sa détermination à résoudre chaque affaire, mais laissant aussi une ombre de tristesse dans son regard.

Le soir du meurtre, Leclerc se trouvait chez lui, plongé dans la lecture d'un manuscrit ancien, lorsqu'il fut appelé sur les lieux du crime. Leclerc avait l'habitude d'être réveillé à des heures indues par des affaires urgentes, mais quelque chose dans la voix du commissaire qui l'avait appelé cette nuit-là lui fit comprendre que cette affaire serait différente.

Claire Dupont, la victime

Claire Dupont était la fille unique d'un riche marchand de vins de Châlons-en-Champagne. À 25 ans, elle était connue pour sa beauté éclatante et son esprit vif. Claire avait reçu une éducation soignée, voyageant à travers l'Europe et fréquentant les cercles les plus distingués. Elle était destinée à un mariage avantageux qui consoliderait les affaires de son père et renforcerait leur position sociale.

Cependant, Claire avait un côté rebelle. Elle aspirait à une vie différente, loin des contraintes de la haute société. Ses amis la décrivaient comme une jeune femme passionnée, avide de liberté et d'aventure. Elle s'intéressait à la littérature, à l'art et aux causes sociales, participant activement à des œuvres de charité et à des mouvements progressistes.

Le soir de sa mort, Claire devait assister à un bal donné en son honneur. Son absence avait d'abord été remarquée comme un simple retard, mais lorsque son corps fut découvert, l'horreur se répandit rapidement. Les premiers indices suggéraient un empoisonnement, mais Leclerc savait qu'il devait approfondir ses recherches pour comprendre les véritables circonstances de sa mort.

Antoine Dubois, le suspect initial

Antoine Dubois était le fiancé de Claire, un jeune homme charmant et ambitieux. Issu d'une famille influente de Troyes, Antoine avait tout pour plaire : une bonne éducation, des manières raffinées et une carrière prometteuse dans les affaires de son père. Il était follement amoureux de Claire et voyait en elle la partenaire idéale pour ses projets futurs.

Cependant, Antoine cachait un secret. Il avait des dettes de jeu considérables et ses relations avec certains membres de la pègre locale étaient de plus en plus dangereuses. La mort de Claire, aussi tragique soit-elle, pouvait potentiellement résoudre ses problèmes financiers en lui donnant accès à la fortune de la famille Dupont.

Leclerc interrogea Antoine peu après la découverte du corps. Ses réponses semblaient sincères, mais certaines incohérences dans son alibi éveillèrent les soupçons du détective. Leclerc savait qu'il devait explorer toutes les pistes, et Antoine, malgré son chagrin apparent, restait un suspect clé dans cette enquête.

Marguerite Lefèvre, la domestique

Marguerite Lefèvre était la gouvernante de la famille Dupont depuis plus de vingt ans. Fidèle et dévouée, elle avait vu Claire grandir et considérait la jeune femme comme sa propre fille. Marguerite était une femme discrète, mais elle connaissait les moindres secrets de la maison et des habitudes de chacun de ses occupants.

Leclerc prit soin de parler à Marguerite, sachant que ses observations pourraient être cruciales pour l'enquête. Marguerite révéla que Claire avait reçu plusieurs lettres anonymes menaçantes ces dernières semaines. Elle avait également remarqué des changements dans le comportement de Claire, comme si elle cachait quelque chose ou se sentait menacée.

Marguerite fournissait à Leclerc des détails précieux sur les relations de Claire avec les membres de la maison et ses visiteurs fréquents.

Sa loyauté envers la famille Dupont la poussait à vouloir résoudre ce mystère coûte que coûte, offrant ainsi son aide précieuse au détective.

Pierre Martin, le rival d'affaires

Pierre Martin était un concurrent acharné du père de Claire, un homme rusé et sans scrupules. Il avait toujours envié le succès des Dupont et n'avait jamais hésité à utiliser des méthodes douteuses pour tenter de les surpasser. Pierre voyait en la mort de Claire une opportunité de prendre le dessus sur son rival en affaires, ce qui faisait de lui un suspect potentiel.

Leclerc interrogea Pierre, dont l'arrogance et la froideur ne firent qu'accentuer les soupçons du détective. Bien que Pierre nie toute implication dans le meurtre, ses affaires avec des personnages douteux et son passé de manipulations lui donnaient un mobile clair. Le détective savait qu'il devait surveiller de près Pierre et ses activités pour trouver des indices supplémentaires.

LA SCÈNE DE CRIME

Le corps de Claire Dupont avait été découvert dans une ruelle sombre près de la cathédrale, une tache de sang sur le sol pavé. Leclerc, en arrivant sur les lieux, jeta un coup d'œil cynique à la scène. Il remarqua des empreintes de pas partiellement effacées, une mèche de cheveux, et un petit flacon brisé. Avec son habituel humour noir, il pensa : « Un vrai festival de preuves. » Chaque détail, aussi insignifiant soit-il, pourrait être crucial pour comprendre ce qui s'était passé.

— Avez-vous vu quelqu'un rôder par ici cette nuit ? demanda Leclerc à un commerçant.

— Non, monsieur. Il y avait juste cette brume épaisse. On ne voyait pas grand-chose, expliqua le commerçant, hésitant.

— Et le bruit ? Quelqu'un a-t-il entendu quelque chose ? insista Leclerc, son impatience visible.

— Juste le cri. Un cri étouffé. Puis plus rien, ajouta un passant, nerveux.

Le détective, pris dans ses réflexions, observa les alentours avec une attention méticuleuse. La brume épaisse enveloppait les réverbères, créant une atmosphère quasi irréelle. Les fenêtres des bâtiments voisins semblaient des yeux indiscrets, et chaque ruelle offrait une échappatoire potentielle. « Que cachent ces ombres ? » se demanda-t-il, le poids des responsabilités alourdissant ses épaules.

Il interrogea les premiers témoins, des passants et des commerçants, pour recueillir toute information sur les mouvements inhabituels dans la zone la nuit précédente.

Le corps de Claire fut transporté à la morgue pour une autopsie. Le docteur Bernard, un ami de longue date de Leclerc, réalisa l'examen. Les résultats confirmèrent l'empoisonnement à l'acide cyanhydrique, une substance mortelle souvent utilisée par des criminels sophistiqués. Cependant, des traces de lutte sur les poignets de Claire suggéraient qu'elle avait été forcée à ingérer le poison.

— François, c'est clair. Elle a été empoisonnée. Mais regarde ces marques sur ses poignets, dit le docteur Bernard, son regard se durcissant.

— Elle s'est débattue. Donc elle ne l'a pas ingéré volontairement, répondit Leclerc, ses sourcils froncés par la réflexion.

— Exact. Quelqu'un l'a forcée. Mais qui ? s'interrogea le docteur Bernard, son ton se faisant plus sombre.

Leclerc examina les objets personnels de Claire retrouvés sur les lieux : une montre en or arrêtée à une heure précise, une lettre déchirée et un médaillon contenant une photo d'Antoine. Chaque élément devait être analysé pour reconstituer les derniers instants de la vie de Claire et comprendre les motivations du meurtrier.

— Sa montre s'est arrêtée à 23h45. C'est probablement l'heure du crime, dit Leclerc, son ton révélant un mélange d'excitation et de tension.

— Et cette lettre ? Elle semble importante, dit le commissaire, en tapotant le papier avec ses doigts.

— Elle l'a déchirée dans un état de colère ! Nous devons reconstituer les morceaux, indiqua Leclerc, déterminé à ne rien laisser au hasard.

Leclerc retourna sur les lieux du crime pour une inspection plus approfondie, ses pensées tournant en boucle. « Qu'est-ce qui m'échappe encore ? » se demanda-t-il, luttant contre ses propres insécurités.

Il savait que chaque détail avait son importance, mais les pièces du puzzle semblaient toujours éparpillées. Il découvrit des traces de boue correspondant à une paire de bottes spécifiques, ce qui indiquait que le coupable avait quitté la scène en passant par un chemin boueux à proximité. Il trouva également une boutonnière de costume, un détail qui pourrait s'avérer essentiel pour identifier le meurtrier.

— Cette boue n'est pas commune ici. Le tueur a dû traverser le parc voisin, dit Leclerc, ses yeux scrutant chaque recoin de la ruelle.

— Et cette boutonnière... peut-être que notre tueur s'est précipité et a perdu un bouton, ajouta le commissaire, pensif.

— Vérifiez toutes les boutiques locales. Quelqu'un pourrait se souvenir de cette boutonnière, ordonna Leclerc, sa voix trahissant une urgence contenue.

Le détective fit également analyser le flacon brisé trouvé près du corps. Les résultats révélèrent qu'il contenait des résidus de poison, confirmant que c'était le contenant utilisé pour administrer la substance létale à Claire. Leclerc savait qu'il devait trouver l'origine de ce flacon pour remonter jusqu'au coupable.

— Commissaire, faites analyser ce flacon. Il pourrait nous mener à l'apothicaire, dit Leclerc, son esprit déjà en train de formuler des hypothèses.

— Oui, et si nous trouvons qui l'a acheté, nous aurons un suspect, confirma le commissaire, partageant l'urgence de Leclerc.

Leclerc interrogea plusieurs personnes liées à Claire. Chacune apportait son lot de détails, parfois contradictoires, mais tous précieux pour reconstituer l'ensemble du puzzle. Certains témoignages mentionnaient des disputes récentes entre Claire et Antoine, d'autres parlaient d'une nouvelle amitié entre Claire et un mystérieux étranger.

— Claire était en colère contre Antoine. Elle disait qu'il lui cachait des choses, dit une amie de la victime, la voix tremblante.

— J'ai vu un homme étrange rôder près de sa maison. Je ne l'avais jamais vu avant, ajouta son voisin le plus proche, jetant des regards nerveux autour de lui.

Le détective remarqua également l'absence de certaines personnes clés lors de ses interrogatoires. Ces absences devinrent des points d'intérêt majeurs, nécessitant une enquête plus approfondie pour comprendre leurs alibis et leurs relations avec la victime.

— Où est Marguerite Lefèvre ? Elle devrait être ici, demanda Leclerc, l'anxiété perçant sa voix.

— Elle est introuvable, monsieur Leclerc, répondit le commissaire, son regard trahissant une inquiétude croissante.

— Trouvez-la ! Elle sait quelque chose, ordonna Leclerc, déterminé à ne laisser aucune piste de côté.

Au fur et à mesure que l'enquête progressait, plusieurs suspects potentiels commencèrent à émerger. Leclerc dressa une liste de personnes d'intérêt, y compris Antoine, Pierre Martin, et quelques figures moins connues mais tout aussi intrigantes. Chaque suspect avait un mobile plausible, mais les preuves directes manquaient encore.

— Chaque piste mène à une impasse. Mais quelqu'un doit savoir quelque chose. Il faut creuser plus profondément, pensa Leclerc, ses pensées s'emmêlant dans un tourbillon de frustration et de détermination.

Leclerc savait qu'il devait suivre chaque piste avec rigueur, sans se laisser distraire par les apparences. L'enquête devenait de plus en plus complexe, et les tensions montaient à mesure que le détective s'approchait de la vérité. Les premiers rebondissements de l'affaire ne tarderaient pas à se manifester, promettant de secouer encore davantage les fondations de Châlons-en-Champagne.

CONFLITS ET MYSTÈRES

Alors que Leclerc poursuivait son enquête, il reçut une lettre anonyme. Celle-ci contenait des informations cruciales sur la nuit du meurtre et faisait allusion à un témoin oculaire qui craignait pour sa vie. Le détective savait qu'il devait localiser cette personne pour obtenir des informations clés, mais il devait également se méfier : la lettre pouvait être un piège.

"Cher détective, j'ai vu ce qui s'est passé cette nuit-là. Je crains pour ma vie et je ne peux révéler mon identité. Cherchez-moi à l'auberge de l'Étoile." Leclerc relisait la lettre, songeur.

— Ça pourrait être un piège, dit le commissaire méfiant.

— Peut-être, mais nous n'avons pas le choix. Je dois y aller, répondit Leclerc, son ton grave trahissant une détermination sans faille.

Leclerc traça l'origine de la lettre à une auberge locale où un certain nombre de clients avaient séjourné récemment. Il interrogea l'aubergiste et ses employés, découvrant qu'un homme mystérieux avait demandé à plusieurs reprises des informations sur Claire Dupont. Cet homme, décrit comme grand et portant un manteau sombre, devenait une figure d'intérêt majeure.

— Aubergiste, avez-vous vu cet homme ? demanda Leclerc.

— Oui, monsieur. Il était étrange et demandait toujours des nouvelles de Mademoiselle Dupont, répondit l'aubergiste.

— Quand est-il parti ? demanda Leclerc, son ton se faisant plus pressant.

— La nuit du meurtre. Juste avant l'aube, dit l'aubergiste, son regard fuyant.

En suivant les pistes fournies par la lettre anonyme, Leclerc fut conduit à une maison abandonnée en périphérie de la ville. À l'intérieur, il trouva des indices suggérant que la maison avait été utilisée comme cachette par le meurtrier : des traces de pas dans la poussière, des cendres encore chaudes dans la cheminée, et un carnet de notes partiellement brûlé.

— Regardez ces cendres. Le meurtrier a brûlé quelque chose récemment, observa Leclerc, scrutant attentivement les restes.

— Et ce carnet…il a essayé de le détruire. Voyons si nous pouvons en tirer quelque chose, dit le commissaire, en ramassant précautionneusement les pages brûlées.

Cependant, à mesure qu'il explorait la maison, Leclerc réalisa qu'il avait été attiré là pour une raison. Une trappe s'ouvrit soudainement sous ses pieds, le faisant tomber dans une cave sombre. Piégé, il réussit à s'échapper grâce à son ingéniosité, mais il comprit que le meurtrier jouait avec lui, tentant de le détourner de la véritable piste.

— Très astucieux... mais je suis plus malin que ça, dit Leclerc, un sourire ironique aux lèvres.

— Tout va bien, Leclerc ? demanda le commissaire, l'inquiétude perçant sa voix.

— Oui, mais nous avons affaire à un maître du jeu, alors restons sur nos gardes, répondit Leclerc, son ton devenu sérieux.

Le carnet retrouvé dans la maison abandonnée contenait des notes cryptées. Leclerc demanda l'aide d'un ami expert en cryptographie pour déchiffrer le message. Après plusieurs heures de travail intense, le code fut finalement brisé, révélant des plans détaillés pour un meurtre, ainsi que des mentions de paiements effectués à diverses personnes.

— C'est un code complexe, mais j'ai réussi. Il parle de paiements et de plans pour le meurtre, dit l'expert en cryptographie, un sourire de satisfaction sur son visage.

— Parfait. Cela nous donne des noms et des dates. Nous pouvons commencer à assembler les pièces du puzzle, répondit Leclerc, son esprit déjà en train de relier les indices.

Ces nouvelles informations pointaient vers une conspiration plus vaste que Leclerc ne l'avait initialement imaginée. Il découvrit que plusieurs figures influentes de la ville avaient des liens avec le meurtre de Claire. Le détective devait maintenant naviguer dans un réseau complexe de mensonges et de trahisons pour découvrir la vérité.

— Nous avons affaire à un réseau. Ce n'est pas juste un crime passionnel, déclara Leclerc, son ton grave trahissant l'ampleur de la découverte.

— Que suggérez-vous ? demanda le commissaire, intrigué.

— Nous devons surveiller chaque suspect de près et vérifier toutes les transactions financières récentes, répondit Leclerc, déterminé à ne laisser aucune piste de côté.

En cherchant des réponses, Leclerc croisa le chemin d'une journaliste locale, Élise Lambert, qui enquêtait de son côté sur les affaires de corruption à Châlons-en-Champagne. Élise, déterminée et intrépide, apporta des éléments sur certains suspects, notamment Pierre Martin. Elle proposa de partager ses informations avec Leclerc, tout en dévoilant ses propres dilemmes éthiques.

— François, je veux la vérité, mais pas au prix de mon intégrité, déclara-t-elle avec une résolution palpable.

— Leclerc, j'ai des informations sur Pierre Martin. Je pense qu'il est plus impliqué que vous ne le pensez, dit Élise, son ton chargé de gravité.

— Je suis preneur. Partagez ce que vous avez, et je vous aiderai à aller plus loin, répondit Leclerc, ses yeux fixant intensément ceux d'Élise.

— D'accord. Mais comprenez bien, je veux la vérité, pas seulement des arrestations, ajouta Élise, déterminée à ne pas sacrifier ses principes.

Leclerc, malgré ses réticences à travailler avec la presse, accepta l'offre d'Élise. Ensemble, ils découvrirent des preuves de transactions financières suspectes et des documents compromettants impliquant des hauts fonctionnaires. Ils formèrent une alliance improbable mais efficace, combinant leurs compétences pour faire avancer l'enquête.

— Ces documents prouvent que Martin blanchissait de l'argent, déclara Leclerc, brandissant les preuves.

— Et regardez ça, des correspondances avec Bertrand Renault. Ils sont tous liés, ajouta Élise, ses yeux s'écarquillant en découvrant les liens.

— Excellent travail. Continuons comme ça, répondit Leclerc avec une lueur de détermination dans le regard.

Marguerite Lefèvre, la gouvernante fidèle, fit une révélation choquante à Leclerc. Elle avait découvert dans les affaires personnelles de Claire une lettre d'amour anonyme provenant d'un homme mystérieux. Cette lettre, écrite avec passion et désespoir, laissait entendre que Claire avait une liaison secrète.

— Monsieur Leclerc, j'ai trouvé ceci dans le tiroir de Claire, dit Marguerite, tendant une lettre avec une main tremblante.

— Une lettre d'amour ? Qui pouvait être cet homme ? demanda Leclerc, ses yeux se plissant de curiosité.

— Je ne sais pas, mais elle le cachait bien. La victime avait peur, je le sentais, répondit Marguerite, son visage exprimant une inquiétude sincère.

Marguerite se souvenait également avoir vu cet homme rôder autour de la maison à plusieurs reprises, bien qu'elle n'ait jamais pu l'identifier clairement. Leclerc savait que cette révélation pouvait changer toute la dynamique de l'enquête. Il devait trouver cet homme mystérieux et comprendre la nature de sa relation avec Claire pour avancer.

— Marguerite, essayez de vous souvenir des détails, des habitudes, n'importe quoi, pressa Leclerc, sur un ton urgent et insistant.

— Il avait un parfum distinct, quelque chose de boisé. Et il portait toujours des gants, même en été, répondit Marguerite, fouillant dans ses souvenirs.

— Bien, c'est un début. Nous trouverons cet homme, conclut Leclerc avec une lueur de détermination dans les yeux.

PROGRÈS DE L'INVESTIGATION

Alors que l'enquête de Leclerc avançait, un deuxième meurtre secoua la ville. Cette fois, la victime était un ancien associé de Pierre Martin, retrouvé mort dans des circonstances similaires à celles de Claire. Leclerc réalisa que le meurtrier cherchait à couvrir ses traces en éliminant les témoins potentiels.

— François, c'est encore un empoisonnement. Le même modus operandi, annonça le commissaire.

— Le meurtrier devient nerveux. Il cherche à supprimer les témoins. Nous devons agir vite, répondit Leclerc.

Le détective, tourmenté par des doutes constants, intensifia ses efforts pour trouver des connexions entre les deux meurtres. L'analyse des scènes de crime révéla des similitudes troublantes dans le mode opératoire, renforçant l'hypothèse d'un seul coupable. Leclerc comprit que le temps était compté avant que le meurtrier ne frappe à nouveau. « Si seulement je pouvais voir ce que j'ai manqué, » pensa-t-il, la frustration rongeant son esprit.

— Nous devons exposer ces liens. Chaque détail compte, dit Leclerc à Élise, avec son regard intense et déterminé.

— J'ai accès à certains documents que vous pourriez trouver utiles. Venez au journal ce soir, répondit Élise, déjà plongée dans ses pensées.

En examinant les finances de la famille Dupont et de leurs associés, Leclerc découvrit des transactions suspectes. Claire avait découvert un détournement de fonds impliquant plusieurs hommes d'affaires influents, dont Pierre Martin. Elle avait menacé de tout révéler, ce qui aurait ruiné les carrières et les vies de ces hommes.

— Claire savait tout, n'est-ce pas ? Elle menaçait de tout dévoiler, demanda Leclerc à Antoine, cherchant à percer le mystère.

— Elle pensait faire ce qui était juste, mais cela l'a mise en danger, répondit Antoine, son visage exprimant une douleur profonde.

Le mobile du meurtre devenait plus clair : protéger des intérêts financiers et éviter un scandale public. Cependant, Leclerc savait que cette révélation n'était qu'une pièce du puzzle. Il devait encore identifier tous les complices et comprendre comment ils avaient orchestré le crime parfait.

— Nous avons des noms, mais pas encore assez de preuves solides, dit Leclerc à Élise, l'inquiétude perçant sa voix.

— Nous devons les surveiller de près. Je vais publier un article pour les mettre sous pression, répondit Élise, déterminée à agir rapidement.

Leclerc découvrit qu'un de ses alliés de la police locale avait été corrompu par les suspects. Cet officier, qui semblait être un allié fidèle, avait en réalité fourni des informations cruciales aux meurtriers, retardant l'enquête et compromettant des preuves. Cette trahison choqua Leclerc, mais renforça sa détermination à résoudre l'affaire.

— Vous avez trahi votre serment. Pourquoi ? De l'argent ? confronta Leclerc, son regard perçant l'officier corrompu.

— Je... ils m'ont forcé. J'avais des dettes, balbutia l'officier corrompu, la honte dans la voix.

— Vous allez payer pour cela. En attendant, donnez-moi tout ce que vous savez, ordonna Leclerc, implacable.

Le détective confronta l'officier corrompu, obtenant des aveux sous pression. Ces aveux révélèrent des détails importants sur le réseau de complicité et confirmèrent les soupçons de

Leclerc sur les motifs financiers derrière le meurtre. Leclerc fit arrêter l'officier et utilisa ses aveux pour renforcer son dossier contre les autres suspects.

— Parlez maintenant, et peut-être que le juge sera clément, ajouta Leclerc, fixant l'officier avec intensité.

— D'accord, d'accord. Ils ont payé pour mon silence. Tout est dans ce dossier, avoua l'officier corrompu, résigné.

Leclerc sentit l'étau se resserrer autour des coupables. Il savait que les suspects étaient conscients de sa progression et pourraient tenter de fuir ou de commettre d'autres crimes pour se protéger. Le détective intensifia ses efforts, coordonnant des raids et des arrestations avec l'aide d'Élise Lambert, qui continuait de publier des articles exposant les malversations des suspects.

— Élise, publiez ce soir. Nous devons les mettre dos au mur, dit Leclerc, déterminé à agir rapidement.

— Considérez que c'est fait. Ils ne sauront pas ce qui les a frappés, répondit Élise, une lueur de détermination dans les yeux.

Cette course contre la montre créa une tension palpable dans la ville, avec chaque nouvel indice rapprochant Leclerc de la vérité. Les suspects, sentant la pression, commirent des erreurs qui fournissaient des preuves supplémentaires. Leclerc se rapprochait de l'identité du cerveau derrière les meurtres.

— Nous avons besoin de tout le monde sur cette affaire. Pas de relâchement, dit Leclerc à ses collègues, son ton ferme et autoritaire.

— Compris, Leclerc. Nous y sommes presque, répondit un collègue, déterminé à aller jusqu'au bout.

Leclerc rassembla toutes les preuves et construisit un schéma détaillé du mode opératoire du meurtrier. Le poison utilisé, les lettres anonymes, les faux alibis et les tentatives de diversion étaient tous des éléments d'un plan soigneusement orchestré pour dissimuler la véritable nature des meurtres.

— Voici comment ils ont procédé. Chaque détail a son importance, expliqua Leclerc en montrant le schéma, ses yeux parcourant chaque ligne et chaque point.

— Bien joué, Leclerc. Maintenant, mettons ce plan à exécution, dit le commissaire, un sourire de satisfaction sur les lèvres.

Le détective comprit que le coupable principal avait utilisé des complices pour exécuter différentes parties du plan, maintenant ainsi une distance entre lui et les actes criminels. Leclerc identifia les points faibles du plan et prépara une confrontation finale pour démasquer le coupable.

— Nous avons tout ce qu'il nous faut. Préparez-vous pour l'arrestation. Ce soir, nous mettons fin à ce cauchemar, conclut Leclerc, sa voix chargée de détermination et d'espoir.

LA DÉCOUVERTE

Leclerc confronta Pierre Martin avec les preuves accumulées. Martin, sous pression, tenta de nier les accusations, mais les preuves étaient accablantes. Élise Lambert publia un article exposant les liens financiers entre Martin et les autres suspects, augmentant la pression publique et légale sur lui.

— Pierre, les preuves sont contre vous. Avouez, ordonna Leclerc, fixant Pierre de son regard perçant.

— C'est ridicule ! Je n'ai rien fait de mal ! protesta Pierre, sa voix tremblante de colère et de peur.

— Alors expliquez ces transactions et ces communications. Vous êtes pris au piège, rétorqua Leclerc, ne laissant aucune échappatoire.

Pierre, acculé, finit par avouer une partie de son implication, mais tenta de minimiser son rôle. Il révéla des noms de complices et donna des détails sur la conspiration pour sauver sa propre peau. Leclerc utilisa ces informations pour avancer dans son enquête, mais il savait que Pierre n'était qu'une partie du puzzle.

— D'accord, je parlerai. Mais je ne suis pas le cerveau. C'est Renault qui a tout planifié, avoua Pierre, résigné.

— Bertrand Renault ? Pourquoi lui ? demanda Leclerc, cherchant à comprendre le mobile.

— Il voulait se venger des Dupont et couvrir ses malversations, expliqua Pierre, révélant enfin la vérité.

Leclerc suivit les nouvelles pistes fournies par Pierre Martin, découvrant finalement que le véritable cerveau derrière les meurtres était un homme influent de Troyes, Monsieur Bertrand Renault, un ancien associé de la famille Dupont. Renault avait orchestré les meurtres pour se venger d'une ancienne querelle et pour couvrir des activités financières illégales.

— Renault est notre homme. Il a tout orchestré, dit Leclerc à Élise, son ton empreint de satisfaction.

— Je vais préparer un dossier complet. Le public doit savoir, répondit Élise, déterminée à exposer la vérité.

Renault, fort de sa position sociale, avait sous-estimé Leclerc. Le détective, cachant habilement ses propres doutes, prépara une confrontation soigneusement planifiée. Il utilisa les informations divulguées par les complices de Renault pour tendre un piège. La confrontation finale se déroula dans le manoir de Renault, où Leclerc, d'un ton froid et calculateur, dévoila toutes les preuves accumulées, chaque mot résonnant comme un coup de massue.

— Vous ne pouvez rien prouver, Leclerc, déclara Renault, sûr de lui.

— Au contraire, nous avons tout. Chaque transaction, chaque communication. Votre empire criminel s'effondre, répondit Leclerc, un sourire de triomphe sur les lèvres.

La confrontation entre Leclerc et Renault fut intense. Renault tenta de fuir et de détruire les preuves, mais Leclerc et ses collègues réussirent à l'arrêter avant qu'il ne puisse s'échapper. L'arrestation de Renault fit les gros titres, et la ville entière fut soulagée de voir enfin la justice triompher.

— Vous avez gagné cette fois, mais d'autres prendront ma place, déclara Renault, un sourire amer sur les lèvres.

— Tant que je serai là, ils n'auront aucune chance, répondit Leclerc, sa voix pleine de détermination.

Renault, dans un dernier acte de désespoir, tenta de manipuler la situation en offrant des sommes d'argent importantes pour sa liberté, mais Leclerc, inébranlable, refusa catégoriquement. Renault fut emmené en détention, son empire criminel s'effondrant autour de lui.

— Je peux vous offrir des millions, Leclerc. Réfléchissez, tenta Renault, son ton mielleux trahissant son désespoir.

— La justice n'a pas de prix. Vous paierez pour vos crimes, rétorqua Leclerc, implacable.

En détention, Renault finit par avouer tous les détails du complot. Il expliqua comment il avait manipulé Pierre Martin et les autres complices pour exécuter son plan. Il décrivit comment il avait utilisé sa position et ses ressources pour couvrir ses traces, croyant être intouchable.

— C'était parfait. Un plan infaillible. Mais vous avez tout gâché, grogna Renault, la frustration se lisant sur son visage.

— Vous n'avez jamais compris que la vérité finit toujours par éclater, conclut Leclerc, une lueur de triomphe dans les yeux.

Renault révéla également des informations sur d'autres crimes financiers et sur des figures influentes impliquées dans des activités illégales. Ces aveux permirent à Leclerc et aux autorités de lancer une série d'arrestations, nettoyant la ville de Châlons-en-Champagne de plusieurs éléments corrompus.

— Merci pour ces informations, Renault. Vous venez de signer la fin de votre règne, dit Leclerc, un sourire de satisfaction sur les lèvres.

— Vous n'avez gagné qu'une bataille, détective, répliqua Renault, l'arrogance dans la voix.

Avec l'arrestation de Renault et les aveux obtenus, Leclerc pouvait enfin résoudre les intrigues secondaires qui avaient émaillé l'enquête. Il clarifia les rôles de chaque suspect et mit en lumière les motivations et les manipulations qui avaient conduit aux meurtres de Claire Dupont et de l'associé de Pierre Martin.

— Chaque pièce du puzzle est maintenant en place. La justice a été rendue, déclara Leclerc, son ton empreint de triomphe.

— Excellent travail, Leclerc. Vous avez nettoyé cette ville, dit le commissaire, une lueur de respect dans les yeux.

Marguerite Lefèvre fut reconnue pour son aide précieuse dans l'enquête et reçut une récompense de la famille Dupont pour sa loyauté et son dévouement. Antoine Dubois, bien que disculpé de toute implication directe, décida de quitter la ville pour recommencer sa vie ailleurs, loin des souvenirs douloureux.

— Merci, Monsieur Leclerc. Vous avez fait plus que résoudre un crime. Vous avez rendu justice à Claire, dit Marguerite, la gratitude dans la voix.

— C'était mon devoir, Marguerite. Prenez soin de vous, répondit Leclerc, son regard adouci par l'émotion.

LE PIÈGE SE REFERME

Avec les aveux de Renault, Leclerc rassembla toutes les preuves nécessaires pour une accusation solide. Les documents financiers, les témoignages et les objets trouvés sur les scènes de crime furent présentés comme un puzzle complet montrant la culpabilité de Renault et de ses complices.

— Nous avons tout ce qu'il nous faut. Ils ne pourront pas échapper à la justice cette fois, dit Leclerc au commissaire, un sourire déterminé sur ses lèvres.

— Préparez-vous pour le procès. Cela doit être infaillible, répondit le commissaire, partageant la détermination de Leclerc.

Le procès de Renault et de ses complices fut un événement majeur à Châlons-en-Champagne, attirant l'attention de toute la région. Leclerc, bien que satisfait de la progression de l'enquête, se concentra sur la présentation claire et concise des preuves pour assurer une condamnation.

— Monsieur Leclerc, comment pouvez-vous être si certain de la culpabilité de mon client ? demanda l'avocat de la défense, sceptique.

— Les preuves sont accablantes, maître. Les faits parlent d'eux-mêmes, rétorqua Leclerc, son ton ferme et assuré.

La révélation de l'implication de figures influentes dans les meurtres et les activités illégales créa une onde de choc dans la communauté. Les citoyens exigeaient justice et une révision des pratiques corrompues qui avaient permis de tels crimes. Les autorités locales durent réagir en adoptant de nouvelles mesures de transparence et de gouvernance.

— Nous voulons des réponses ! Comment a-t-on pu laisser cela arriver ? cria un citoyen, la colère dans la voix.

— Il faut des changements. Plus jamais ça, ajouta un autre citoyen, la détermination visible dans ses yeux.

Leclerc reçut des éloges pour sa détermination et son intégrité. Bien que la reconnaissance publique ne soit pas son principal moteur, il apprécia les remerciements et le soutien des citoyens de Châlons-en-Champagne. Sa réputation de détective efficace et incorruptible était désormais solidement établie.

— Leclerc, vous avez fait un travail remarquable. La ville vous doit beaucoup, dit le commissaire, une lueur de respect dans le regard.

— Merci, commissaire. C'est un travail d'équipe, répondit Leclerc, son sourire empreint de gratitude.

Malgré les preuves accablantes, les complices de Renault tentèrent de semer le doute et de manipuler le système judiciaire pour échapper à la justice. Leclerc dut faire face à des tentatives de corruption et à des menaces, mais il resta ferme dans sa quête de vérité.

— Vous ne savez pas à qui vous avez affaire, Leclerc. Vous pourriez regretter vos actions, menaça le complice, la voix pleine de défi.

— La justice n'a pas peur des menaces. Vous serez jugés pour vos crimes, rétorqua Leclerc, implacable.

Avec l'aide d'Élise Lambert, qui continua de publier des articles révélant les dessous de l'enquête, Leclerc parvint à contrecarrer les efforts des complices pour échapper à leurs responsabilités. La pression publique et les preuves solides finirent par triompher des manœuvres dilatoires.

— Leclerc, chaque article que je publie renforce votre dossier. Ne lâchons rien, dit Élise, déterminée à poursuivre leur quête de vérité.

— Nous irons jusqu'au bout, Élise. Ils ne peuvent plus fuir, répondit Leclerc, résolu à ne laisser aucune piste inexplorée.

Le procès aboutit à la condamnation de Renault et de ses complices. Le tribunal rendit un verdict de culpabilité, imposant des peines sévères pour les crimes commis. Renault fut condamné à la prison à vie, tandis que ses complices reçurent des peines proportionnelles à leur degré d'implication.

— Après délibération, le tribunal déclare Bertrand Renault coupable de tous les chefs d'accusation, annonça le juge, solennel.

— Vous faites une erreur ! Je suis innocent ! protesta Renault, l'incrédulité dans la voix.

— La justice a parlé, Renault, répliqua Leclerc, une lueur de triomphe dans les yeux.

Leclerc assista à la lecture du verdict avec un sentiment de satisfaction et de soulagement. La justice avait prévalu, et la vérité avait triomphé sur les manipulations et les mensonges. Le détective savait que ce n'était qu'une victoire parmi tant d'autres à venir, mais elle était particulièrement significative pour lui et pour la communauté.

— Nous avons fait ce qu'il fallait. La ville peut enfin tourner la page, déclara Leclerc, satisfait du travail accompli.

— Oui, et tout cela grâce à votre détermination, Leclerc, ajouta le commissaire, un sourire de respect sur les lèvres.

La résolution de l'affaire eut également des conséquences personnelles pour Leclerc. Il prit conscience des sacrifices qu'il avait faits dans sa vie personnelle pour poursuivre son devoir. La mort de Claire Dupont et les épreuves de l'enquête le marquèrent profondément, mais elles lui donnèrent aussi la force de continuer à se battre pour la justice.

— Claire, j'espère que tu peux reposer en paix maintenant. Je continuerai à me battre, pour toi et pour tous ceux qui attendent la justice, se dit Leclerc à lui-même, un soupçon de tristesse dans la voix.

Leclerc décida de prendre un temps de repos bien mérité, se retirant dans une petite maison de campagne pour réfléchir et se ressourcer. Il savait que d'autres enquêtes l'attendaient, mais il avait besoin de temps pour guérir et pour retrouver l'équilibre dans sa vie.

— Un peu de tranquillité ne me fera pas de mal. Je reviendrai plus fort, murmura Leclerc, aspirant à un moment de paix.

LA CONFRONTATION

Pendant sa période de repos, Leclerc reçut des lettres de gratitude de la part de nombreux citoyens. Certaines d'entre elles évoquaient des affaires non résolues, des mystères anciens qui avaient été mis de côté faute de preuves. Intrigué, Leclerc décida de réexaminer certains de ces dossiers, découvrant des liens possibles avec des activités criminelles similaires à celles de Renault.

— Encore des mystères à résoudre. Je ne peux pas ignorer ces appels à l'aide, dit Leclerc en lisant une lettre, une étincelle de détermination dans les yeux.

— Vous êtes vraiment incorrigible, Leclerc. Toujours prêt à replonger, plaisanta Élise, un sourire amusé aux lèvres.

Cette nouvelle perspective le poussa à revenir à Châlons-en-Champagne pour rouvrir certaines enquêtes. Avec l'aide d'Élise Lambert et de quelques collègues de confiance, il entreprit de résoudre ces mystères, utilisant les connaissances et les compétences acquises lors de l'affaire Dupont.

— Élise, j'ai besoin de votre aide. Nous devons rouvrir ces dossiers, déclara Leclerc, son ton urgent et déterminé.

— Je suis avec vous, Leclerc. Ensemble, nous trouverons la vérité, répondit Élise, sa voix pleine de détermination et de soutien.

En rouvrant les dossiers, Leclerc découvrit que certains complices de Renault avaient réussi à échapper à la justice. Ces individus, toujours actifs dans l'ombre, continuaient leurs activités criminelles, menaçant la sécurité de la communauté. Leclerc entreprit une traque méthodique pour les démasquer et les arrêter.

— Nous ne pouvons pas laisser ces criminels en liberté. Chaque détail compte, déclara Leclerc, sa détermination visible dans ses yeux.

— Je vais fouiller dans mes archives. Il doit y avoir des indices que nous avons manqués, répondit Élise, déjà plongée dans ses pensées.

Cette nouvelle enquête l'amena à traverser des territoires dangereux et à affronter des ennemis puissants. Les rebondissements furent nombreux, mais Leclerc, fort de son expérience et de sa détermination, parvint à surmonter chaque obstacle. Il réussit à arrêter plusieurs complices, renforçant encore la sécurité de la région.

— Vous ne nous attraperez jamais tous, Leclerc ! cria le complice, désespéré.

— Ne sous-estimez pas ma détermination. Vous serez tous jugés, répondit Leclerc, sa voix résonnant de conviction.

L'affrontement final avec le dernier complice de Renault eut lieu dans un manoir abandonné à la périphérie de Troyes. Ce complice, un ancien militaire aux compétences redoutables, avait orchestré plusieurs actes criminels pour maintenir son pouvoir. Leclerc, accompagné de ses alliés, se prépara à une confrontation dangereuse.

— Soyez prudents. Cet homme est dangereux. Nous devons l'arrêter sans prendre de risques inutiles, avertit Leclerc à ses alliés, son regard se faisant plus dur.

— Nous sommes prêts, Leclerc. Faisons-le, répondit un allié, résolu et déterminé.

La bataille fut intense, avec des échanges de tirs et des stratégies complexes. Leclerc, utilisant son intelligence et son courage, réussit finalement à neutraliser le complice et à l'arrêter. Cette victoire marqua la fin d'une ère de criminalité organisée dans la région, ramenant la paix et la sécurité.

— Vous ne pouvez pas m'arrêter, Leclerc ! hurla le complice, l'adrénaline pompant dans ses veines.

— C'est fini. Rendez-vous, ordonna Leclerc, son ton glacial.

— Jamais ! rétorqua le complice, défiant jusqu'à la fin.

— Alors je n'ai pas le choix, conclut Leclerc, résigné mais implacable.

Leclerc retourna à Châlons-en-Champagne en héros. La communauté, reconnaissante, organisa une cérémonie en son honneur, célébrant ses réussites et son dévouement. Élise Lambert, désormais une amie proche, écrivit un article émouvant retraçant ses exploits et son impact positif sur la région.

— Leclerc, cet article ne pourrait jamais rendre justice à votre courage et à votre dévouement, dit Élise, sa voix chargée d'admiration sincère et d'émotion.

— Merci, Élise. Votre soutien a été inestimable et je n'aurais pas pu y arriver sans vous, répondit Leclerc, un rare sourire adoucissant ses traits habituellement sévères.

Leclerc, bien que modeste, apprécia cette reconnaissance. Il savait que chaque enquête était un pas vers un monde plus juste, et il était fier d'avoir contribué à cette cause. Sa réputation de détective exceptionnel et d'homme intègre était désormais bien établie.

— Je suis simplement heureux que justice ait été rendue, déclara Leclerc, sa satisfaction visible malgré son ton modeste.

— Votre modestie vous honore, Leclerc. Mais n'oubliez pas que vous êtes un exemple pour nous tous, répondit le commissaire, un sourire de respect illuminant son visage.

Avec la paix retrouvée, Leclerc prit le temps de réfléchir à son parcours. Il se remémora les moments clés de l'enquête, les défis surmontés et les leçons apprises. Il réalisa que, malgré les difficultés, chaque étape l'avait renforcé et lui avait permis de grandir en tant que personne et en tant que détective.

— Chaque défi m'a fait grandir. Je suis prêt pour ce qui viendra, se dit Leclerc à lui-même, sa résolution renforcée par les épreuves passées.

Leclerc décida de continuer à se battre pour la justice, mais il comprit également l'importance de trouver un équilibre entre sa vie professionnelle et personnelle. Il s'engagea à prendre soin de lui et à cultiver des relations saines, trouvant ainsi la force nécessaire pour affronter les défis futurs.

— Il est temps de trouver un équilibre. Je continuerai à me battre, mais je ne sacrifierai plus ma vie personnelle, déclara Leclerc, déterminé à ne plus laisser son travail empiéter sur sa vie personnelle

ÉPILOGUE

L'enquête de Leclerc et les arrestations qui s'ensuivirent eurent un impact profond sur la communauté de Châlons-en-Champagne et de Troyes. Les citoyens reprirent confiance en la justice et en leurs institutions. Les réformes adoptées suite aux révélations de corruption améliorèrent la transparence et la gouvernance locale.

— Enfin, nous pouvons croire en nos institutions, dit un citoyen, la voix pleine d'espoir.

— Leclerc a vraiment changé les choses pour le mieux, ajouta un autre citoyen, la reconnaissance évidente dans ses paroles.

Les familles des victimes trouvèrent enfin la paix, sachant que les coupables avaient été punis. Les initiatives communautaires se développèrent, renforçant les liens sociaux et promouvant un environnement plus sûr et plus solidaire. La région connut une période de prospérité et de renouveau.

— Claire peut reposer en paix maintenant. Merci, Monsieur Leclerc, dit Marguerite, les yeux brillants de gratitude.

— C'était mon devoir, Marguerite, répondit Leclerc, son ton empreint de sincérité.

Leclerc et Élise Lambert continuèrent de collaborer, formant un duo redoutable dans la lutte contre le crime. Leur alliance, née des circonstances difficiles de l'affaire Dupont, se transforma en une amitié solide et respectueuse. Ensemble, ils résolurent plusieurs autres affaires, utilisant leurs compétences complémentaires pour traquer les criminels et restaurer l'ordre.

— Prêt pour la prochaine affaire, Leclerc ? demanda Élise, un sourire complice aux lèvres.

— Toujours. Avec vous à mes côtés, nous sommes invincibles, répondit Leclerc, une lueur de détermination dans les yeux.

Alors que Leclerc savourait sa période de calme, une nouvelle affaire émergea. Une série de disparitions mystérieuses dans une petite ville voisine attira son attention. Les autorités locales, dépassées par les événements, firent appel à ses compétences. Le détective accepta le défi, prêt à plonger une fois de plus dans les ténèbres pour apporter la lumière.

— Leclerc, nous avons besoin de vous. Une nouvelle affaire vous attend, annonça le commissaire, son ton grave.

— Je suis prêt. Disparitions mystérieuses, dites-vous ? Cela promet d'être intéressant, répondit Leclerc, un sourire d'excitation sur les lèvres.

Cette nouvelle affaire, complexe et énigmatique, promettait de tester encore davantage les limites de Leclerc. Il se prépara avec soin, rassemblant ses ressources et ses alliés pour affronter ce nouveau mystère. L'ombre du danger ne l'effrayait plus ; au contraire, elle le motivait à aller de l'avant.

— Un nouveau défi nous attend. Prête ? demanda Leclerc à Élise, une lueur de détermination dans le regard.

— Toujours. Allons résoudre ce mystère, répondit Élise, un sourire complice aux lèvres.

Leclerc, fort des leçons apprises et des expériences vécues, s'engagea à poursuivre son combat pour la justice avec un regard neuf. Il savait que chaque enquête était une opportunité de faire une différence, de protéger les innocents et de rétablir l'ordre.

— Chaque enquête est une chance de rendre ce monde meilleur. Je ne m'arrêterai jamais, déclara Leclerc, sa voix résonnant de conviction.

Il fit également la promesse de prendre soin de lui, de trouver un équilibre entre son devoir et sa vie personnelle. Leclerc savait que pour continuer à être efficace, il devait aussi nourrir son esprit et son cœur. Il s'autorisa des moments de paix, des instants de réflexion, et surtout, il resta ouvert aux nouvelles possibilités.

— Je dois trouver cet équilibre. Pour moi, et pour ceux que je protège, se dit Leclerc à lui-même, réfléchissant à ses priorités.

Leclerc se tenait sur les hauteurs de Châlons-en-Champagne, regardant la ville en contrebas. Les clochers des églises, les rues pavées et les maisons de pierre semblaient plus sereins, apaisés par les récentes victoires contre le crime. Le détective respira profondément, appréciant le moment de calme avant la tempête.

— Chaque victoire apporte une nouvelle sérénité. Mais je reste vigilant. Toujours prêt, murmura Leclerc, fixant l'horizon avec détermination.

Il savait que d'autres défis l'attendaient, que d'autres mystères devaient être résolus. Mais pour l'instant, il se contenta de savourer cette paix temporaire, se préparant mentalement et physiquement pour les jours à venir. Avec Élise à ses côtés, et une communauté reconnaissante derrière lui, Leclerc était prêt à affronter l'avenir, fort de ses convictions et de son expérience.

— Profitez de ce moment de calme, Leclerc. Vous l'avez bien mérité, dit Élise, sa voix douce et encourageante

— Merci, Élise. Et merci d'être toujours là, répondit Leclerc, un sourire reconnaissant illuminant son visage.

Avec les récentes affaires résolues et la paix temporaire dans la région, François Leclerc devint une figure respectée et admirée dans toute la Champagne. Ses méthodes uniques et son dévouement sans faille lui valurent une réputation qui dépassa les frontières locales. Les jeunes détectives venaient parfois le consulter, cherchant à apprendre de son expertise et de ses expériences.

— Monsieur Leclerc, comment faites-vous pour rester si persévérant ? demanda un jeune détective, l'admiration dans les yeux.

— La passion pour la justice et la vérité. Ne l'oubliez jamais, répondit Leclerc, son ton grave et sincère.

Élise Lambert continua à écrire, ses articles maintenant une pression constante sur les autorités pour qu'elles restent transparentes et justes. Son travail journalistique, souvent inspiré par les enquêtes de Leclerc, joua un rôle crucial dans l'amélioration de la société.

— Leclerc, vos enquêtes m'inspirent chaque jour. Continuons à faire la différence, dit Élise, sa voix emplie de détermination.

— Nous faisons une bonne équipe, Élise. Continuons ainsi, répondit Leclerc, un sourire complice sur les lèvres.

Leclerc trouva aussi du réconfort dans sa vie personnelle. Il répara petit à petit les brèches de son passé, faisant la paix avec ses pertes et ouvrant son cœur à de nouvelles possibilités. Les cicatrices de son passé devinrent des symboles de sa résilience, des marques de sa capacité à surmonter les épreuves.

— Chaque cicatrice raconte une histoire. Une histoire de survie et de persévérance, déclara Leclerc, son regard se perdant dans ses souvenirs.

Avec chaque affaire résolue, Leclerc et Élise forgèrent une alliance indestructible, une amitié qui transcenda les difficultés et les dangers. Ensemble, ils formèrent un rempart contre le mal, un duo dont les exploits résonnèrent longtemps dans les annales de Châlons-en-Champagne et au-delà.

— À nous deux, nous sommes imbattables, dit Élise, une lueur de défi dans les yeux.

— Et nous continuerons à l'être, tant que la justice aura besoin de nous, conclut Leclerc, sa voix résonnant de détermination.

Et ainsi, le détective François Leclerc se prépara à écrire le prochain chapitre de sa vie, toujours prêt à affronter les mystères et à restaurer la justice, une affaire à la fois.

Bienvenue dans le jeu questionnaire inspiré du polar historique "L'Énigme des Brumes de Champagne".

Testez vos connaissances et votre sens de l'observation en répondant aux questions ci-dessous.

Êtes-vous prêt à résoudre le mystère ?

QUIZ

Question 1 - Dans quelle période historique se déroule l'histoire du roman ?

- A. XVIIIe siècle
- B. XIXe siècle
- C. XXe siècle
- D. XXIe siècle

Question 2 - Quel est le nom de la victime principale de cette enquête ?

- A. Marguerite Lefèvre
- B. Claire Dupont
- C. Élise Lambert
- D. Sophie Dubois

Question 3 - Quelle substance a été utilisée pour empoisonner Claire Dupont ?

- A. Arsenic
- B. Cyanure
- C. Acide cyanhydrique
- D. Digitaline

Question 4 - Quel est le métier de François Leclerc ?

- A. Journaliste
- B. Médecin

- C. Avocat
- D. Détective

Question 5 - Qui est Élise Lambert dans l'histoire ?

- A. La gouvernante de la famille Dupont
- B. La journaliste locale
- C. La fiancée de Claire Dupont
- D. La principale suspecte

Question 6 - Quel est le principal mobile du meurtre de Claire Dupont découvert par Leclerc ?

- A. Jalousie
- B. Vengeance
- C. Détournement de fonds
- D. Héritage

Question 7 - Comment Leclerc découvre-t-il le coupable principal, Bertrand Renault ?

- A. Par des aveux spontanés
- B. Grâce à une lettre anonyme
- C. En déchiffrant des notes cryptées
- D. En suivant des indices laissés sur la scène de crime.

Question 8 - Quel rôle joue Pierre Martin dans l'histoire ?

- A. Le détective adjoint

- B. Le fiancé de Claire Dupont
- C. Un concurrent en affaires de la famille Dupont
- D. Un témoin clé

Question 9 - Quel est l'obstacle principal auquel Leclerc fait face lors de son enquête ?

- A. Manque de preuves
- B. Corruption au sein de la police
- C. Opposition des citoyens
- D. Mauvais temps

Question 10 - Que décide de faire François Leclerc après avoir résolu l'enquête ?

- A. Prendre sa retraite
- B. Continuer à résoudre d'autres affaires
- C. Partir en voyage à l'étranger
- D. Ouvrir une école de détectives

Question 11 : Quelle était la profession d'Antoine Dubois, le fiancé de Claire Dupont ?

- A. Médecin
- B. Homme d'affaires
- C. Avocat
- D. Artiste

Question 12 : Quel objet personnel de Claire Dupont a arrêté son heure à 23h45 ?

- A. Son médaillon
- B. Sa montre en or
- C. Sa bague
- D. Son carnet

Question 13 : Quel est le lien entre Pierre Martin et le père de Claire Dupont ?

- A. Ils sont cousins
- B. Ils sont partenaires commerciaux
- C. Ils sont rivaux en affaires
- D. Ils sont beaux-frères

Question 14 : Quel détail a révélé la domestique Marguerite Lefèvre à propos du comportement de Claire avant sa mort ?

- A. Claire semblait très heureuse
- B. Claire recevait des visiteurs mystérieux
- C. Claire avait peur et cachait quelque chose
- D. Claire écrivait un livre

Question 15 : Quel était le métier de François Leclerc avant de devenir détective ?

- A. Professeur
- B. Policier
- C. Soldat
- D. Avocat

Question 16 : Quelle était la relation entre Élise Lambert et François Leclerc ?

- A. Rivaux
- B. Collègues
- C. Amis et collaborateurs
- D. Frère et sœur

Question 17 : Comment Leclerc a-t-il été piégé dans la maison abandonnée ?

- A. Il a été attaqué par le meurtrier
- B. Il a été attiré dans une trappe
- C. Il a été enfermé dans une chambre
- D. Il a été empoisonné

Question 18 : Quel événement a renforcé la détermination de François Leclerc à résoudre chaque affaire ?

- A. La perte de sa famille dans un incendie
- B. Une trahison par un collègue
- C. La découverte d'une grande conspiration
- D. Un échec dans une ancienne enquête

Question 19 : Quelle méthode Leclerc utilise-t-il souvent pour résoudre ses enquêtes ?

- A. Interroger les suspects en public
- B. Analyser en profondeur chaque détail
- C. Suivre son intuition sans preuves

- D. Utiliser la technologie moderne

Question 20 : Quel était le motif de Bertrand Renault pour orchestrer les meurtres ?

- A. Jalousie amoureuse
- B. Vengeance et dissimulation d'activités illégales
- C. Désir de pouvoir politique
- D. Folie pure

SOLUTION DU QUIZ

Question 1 - L'histoire se déroule au :

B. XIXe siècle

Question 2 - Le nom de la victime principale de cette enquête est :

B. Claire Dupont

Question 3 – La substance utilisée pour empoisonner Claire Dupont est :

C. Acide cyanhydrique

Question 4 - Le métier de François Leclerc est :

D. Détective

Question 5 - Élise Lambert est :

B. La journaliste locale

Question 6 - Le principal mobile du meurtre de Claire Dupont découvert par Leclerc est :

C. Détournement de fonds

Question 7 - Leclerc découvre le coupable principal, Bertrand Renault **:**

C. En déchiffrant des notes cryptées

Question 8 - Dans cette histoire Pierre Martin est :

C. Un concurrent en affaires de la famille Dupont

Question 9 - Lors de son enquête Leclerc fait face principalement à :

B. La corruption au sein de la police

Question 10 - Après avoir résolu l'enquête, François Leclerc décide :

B. de continuer à résoudre d'autres affaires

Question 11 : La profession d'Antoine Dubois est :

- B. Homme d'affaires

Question 12 : L'objet personnel de Claire Dupont qui a arrêté son heure à 23h45 est :

- B. Sa montre en or

Question 13 : Le lien entre Pierre Martin et le père de Claire Dupont est :

- C. Ils sont rivaux en affaires

Question 14 : Le détail révélé par la domestique Marguerite Lefèvre à propos du comportement de Claire avant sa mort est :

- C. Claire avait peur et cachait quelque chose

Question 15 : Le métier de François Leclerc avant de devenir détective était?

- B. Policier

Question 16 : La relation entre Élise Lambert et François Leclerc est?

- C. Amis et collaborateurs

Question 17 : B. Il a été attiré dans une trappe

Question 18 : L'événement qui a renforcé la détermination de François Leclerc à résoudre chaque affaire est :

- A. La perte de sa famille dans un incendie

Question 19 : La méthode qu'utilise Leclerc pour résoudre ses enquêtes est :

- B. Analyser en profondeur chaque détail

Question 20 : Pour orchestrer les meurtres, le motif de Bertrand Renault est :

- B. Vengeance et dissimulation d'activités illégales

JEU DE PISTE

Bienvenue dans le jeu de piste inspiré du roman "L'Énigme des Brumes de Champagne". Vous allez plonger dans l'univers mystérieux de Châlons-en-Champagne au printemps 1873. Votre mission est d'aider le détective François Leclerc à résoudre l'enquête sur le meurtre de Claire Dupont.

ÉTAPE 1 : POINT DE DÉPART
LA SCÈNE DU CRIME

Indice 1 : Vous commencez votre enquête là où tout a commencé. Rendez-vous à la petite ruelle près de la cathédrale Saint-Étienne, où le corps de Claire Dupont a été trouvé.

Question : Quel détail particulier François Leclerc a-t-il remarqué sur la scène du crime qui a été ignoré par les autres ?

o A. Une odeur d'amande amère
o B. Des empreintes de pas
o C. Une lettre déchirée

Épreuve : Prenez une photo de la cathédrale et de la ruelle voisine pour prouver votre présence sur les lieux.

*Réponse de l'étape 1: **A.** Une odeur d'amande amère*

ÉTAPE 2 : VISITE À LA MAISON DE CLAIRE DUPONT

Indice 2 : Dirigez-vous vers la maison de Claire Dupont pour parler à Marguerite Lefèvre, la gouvernante fidèle.

Question : Qu'est-ce que Marguerite Lefèvre a révélé à François Leclerc ?

- A. Elle a trouvé des lettres anonymes menaçantes
- B. Elle a entendu un cri la nuit du meurtre
- C. Elle a vu un homme en manteau sombre rôder

Épreuve : Cherchez une maison ancienne qui pourrait correspondre à la demeure de la famille Dupont et décrivez les détails architecturaux.

Réponse de l'étape 2 : A. Elle a trouvé des lettres anonymes menaçantes

ÉTAPE 3 : ARRÊT AU CAFÉ DU MARCHÉ

Indice 3 : Pour obtenir plus d'informations sur les mouvements dans la ville, rendez-vous au Café du Marché, où les habitants se réunissent pour discuter des événements.

Question : Qui était souvent vu en train de demander des informations sur Claire Dupont au Café du Marché ?

- A. Antoine Dubois
- B. Pierre Martin
- C. Un homme mystérieux en manteau sombre

Épreuve : Achetez une boisson au café et demandez au serveur s'il connaît des histoires locales intéressantes.

Réponse de l'étape 3 : C. Un homme mystérieux en manteau sombre

ÉTAPE 4 : PAUSSE À L'AUBERGE DE L'ÉTOILE

Indice 4 : Vous avez reçu une lettre anonyme vous indiquant de chercher des réponses à l'auberge de l'Étoile.

Question : Quel indice François Leclerc a-t-il trouvé dans une maison abandonnée, lié à l'auberge de l'Étoile ?

○A. Un carnet de notes partiellement brûlé
○B. Un flacon de poison
○C. Une lettre d'amour déchirée

Épreuve : Trouvez l'auberge la plus ancienne de la ville et prenez une photo de son enseigne.

Réponse de l'étape 4 : A. Un carnet de notes partiellement brûlé

ÉTAPE 5 : DESTINATION FINALE : LE MANOIR DE BERTRAND RENAULT

Indice 5 : Pour la confrontation finale, rendez-vous au manoir de Bertrand Renault.

Question : Comment François Leclerc a-t-il finalement démasqué Bertrand Renault ?

- o   A. Par des aveux spontanés
- o   B. En déchiffrant des notes cryptées
- o   C. En suivant des indices laissés sur la scène de crime

Épreuve : Trouvez un bâtiment imposant qui pourrait être un manoir et notez une caractéristique distinctive.

Réponse de l'étape 5 : B. En déchiffrant des notes cryptées

FINALITÉ DE L'ENQUÊTE

Vous avez suivi les traces de François Leclerc et aidé à résoudre l'enquête sur le meurtre de Claire Dupont. Prenez une photo de vous devant un lieu emblématique de la ville pour célébrer votre succès !

BIOGRAPHIE AUTEURE

SANDRINE BELAIR

Née en région parisienne et résidant depuis plusieurs années dans la Marne, **Sandrine BELAIR** est une auteure prolifique et créative. Dès son enfance, elle exprime son talent pour l'écriture en composant des paroles de chansons pour son groupe de collège, leur permettant ainsi de se produire lors de galas. Cette passion pour les mots la mène ensuite à écrire des histoires fantastiques, souvent gardées secrètes dans ses tiroirs.

Encouragée par les conseils avisés de son aînée, Sandrine publie son premier roman ainsi qu'une BD graphique fantastique, avec la saga de **"Sadja"**.

Sandrine se diversifie ensuite dans la littérature jeunesse avec des albums tels que **"Les sœurs Chipies"**, **"Fabian le dragon bègue"**, **"Les mots secrets de Yoann"** (disponible en français, anglais, espagnol et allemand, adapté aux lecteurs dyslexiques), **"Matthias et la maison magique - La politesse"** (en français et anglais, adapté aux lecteurs dyslexiques), et **"Je rentre à la maternelle - Gianni"** (en français et espagnol, adapté aux lecteurs dyslexiques), publiés par Chérubins Éditions.

Après une reconversion réussie dans l'édition et le graphisme, Sandrine BELAIR dirige aujourd'hui sa propre entreprise, aidant les auteurs et les illustrateurs à faire connaître leurs œuvres et à les partager avec le public.

https://sandrinebelair.weebly.com

Chaine YouTube :

Chérubins Éditions - Sandrine BELAIR - YouTube

REMERCIEMENT

Mon étoile,

Je te remercie pour la lumière que tu as toujours su apporter dans ma vie, mais surtout pour celle que tu as insufflée dans mes mots.

Ce roman, que j'ai tant aimé écrire, n'aurait jamais vu le jour sans ton inspiration.

Chaque page, chaque intrigue, chaque personnage porte en eux une part de toi.

Tu es le souffle derrière mes mots, l'étincelle qui a enflammé ce projet, et, c'est à toi que je dois cette œuvre, à toi que je dédie mes plus sincères remerciements.

NOTRE roman est le reflet de ton inspiration, mais surtout de l'immense amour que je te porte.

Je t'aime plus que les mots ne pourront jamais le dire.

MERCI de toujours me guider !

DÉDICACE

TABLE DES MATIÈRES

Achevé d'imprimer en octobre 2024,
par Amazon

ISBN : 979-10-96726-94-3

Dépôt légal : octobre 2024

Contacter l'auteur
auteuresblr@gmail.com

Contacter l'éditeur
cherubinseditions@gmail.com
Site Internet : cherubinseditions.weebly.com

Lecture de passages gratuits de nos livres regorgeant de trésors littéraires

Chérubins Éditions

Maison d'édition indépendante

51320 MONTÉPREUX

FRANCE

www.ingramcontent.com/pod-product-compliance
Lightning Source LLC
Chambersburg PA
CBHW071222130726
47998CB00002B/813